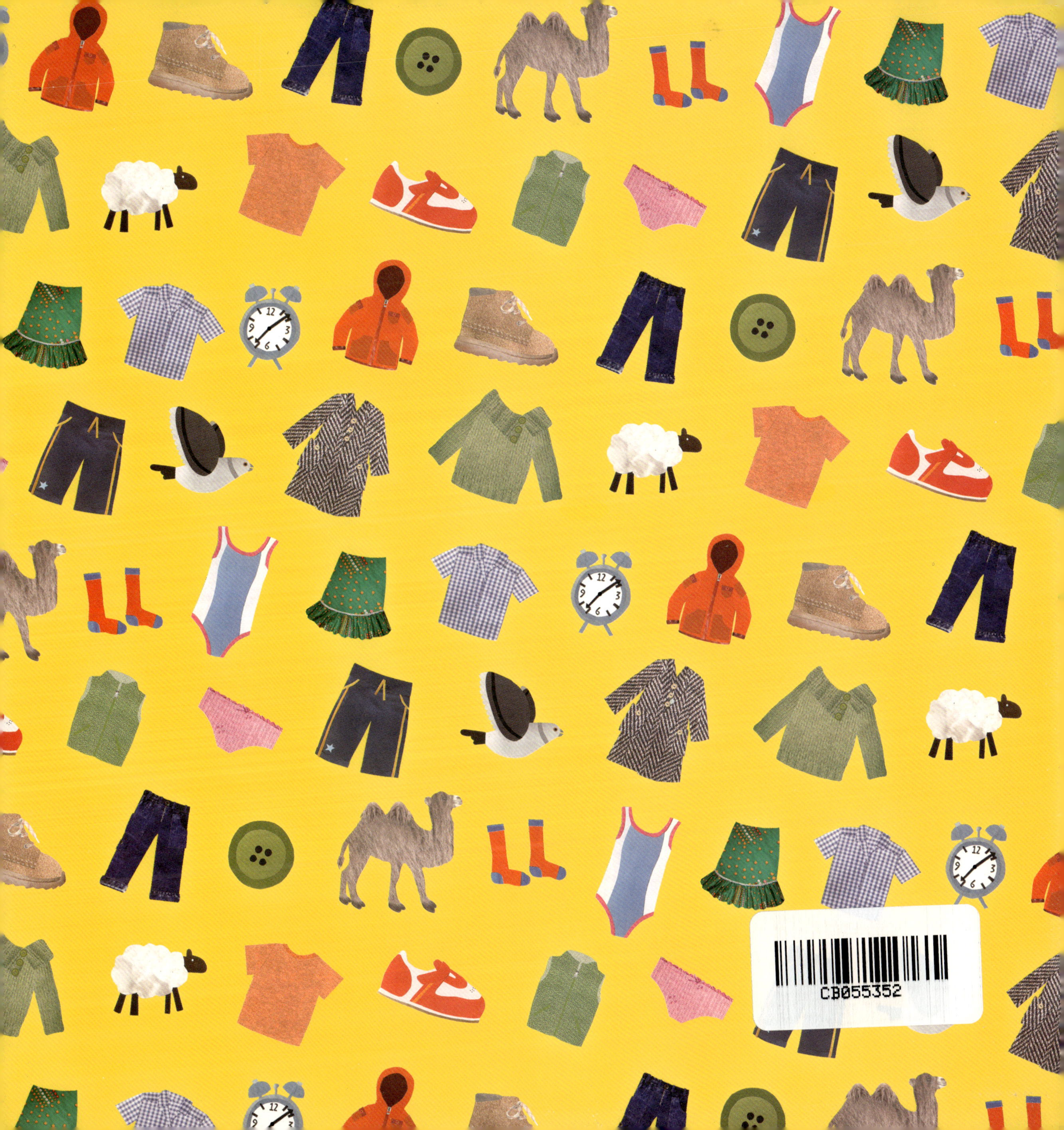

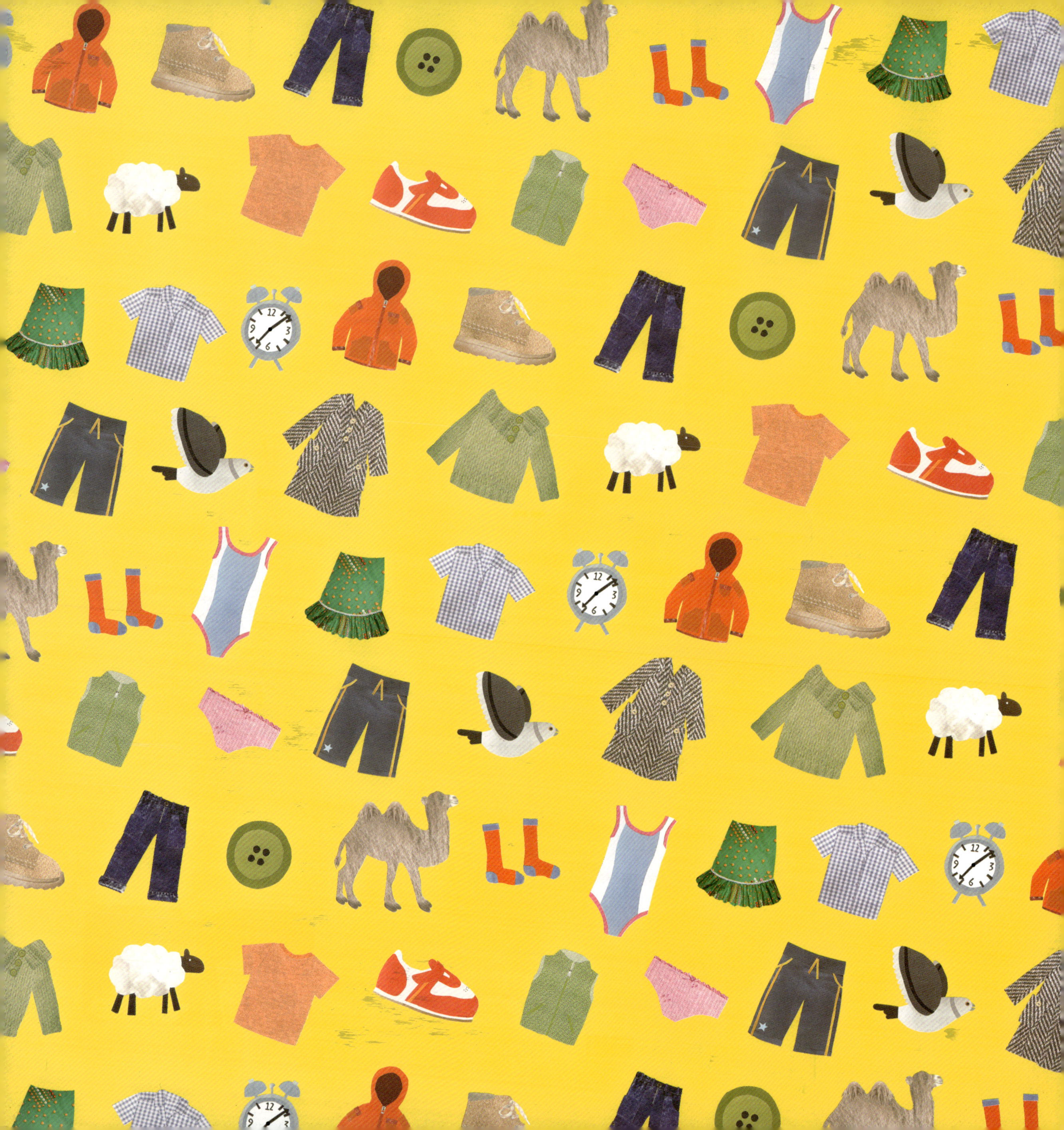

QUE ROUPA LEGAL!

TEXTO E ILUSTRAÇÕES DE
RUTH WALTON

Tradução de
Camila Aline Zanon

1ª edição
São Paulo, 2012

Moderna

Todo dia, ao levantarmos, nós nos vestimos.

O que você veste primeiro?

Você vê essa roupa nesta imagem?

Sob nossas roupas, vestimos roupas íntimas.

Muitas roupas íntimas são feitas de algodão, porque ele é macio e agradável.

Você sabe o que é algodão?

O algodão é uma **fibra natural** que pode ser extraída de uma planta chamada algodoeiro.

O algodoeiro é cultivado em muitos países, entre eles, o Brasil, o México, a Austrália, a Índia, a China e os Estados Unidos.

O algodoeiro é uma planta que depende muito da água para se desenvolver!

Flor de algodão

Pragas do algodão

Insetos como os representados ao lado podem destruir os algodoeiros. Quando isso acontece, eles são chamados de pragas. Para matá-los, os agricultores usam pesticidas, produtos químicos que podem acabar prejudicando o ambiente.

O algodão **orgânico** *é um tipo de algodão cultivado sem pesticidas.*

Besouro

Lagarta

Dois dias depois que a árvore floresce, as pétalas das flores caem. Os frutos, também chamados de caroços do algodão, têm o tamanho de uma noz e contêm sementes semelhantes às da ervilha.

← Fruto do algodoeiro

Leva cerca de 7 a 10 semanas para que os frutos se desenvolvam totalmente.

Quando os frutos racham, é hora de fazer a colheita.

Os frutos contêm uma penugem macia.

Os frutos, já abertos, são levados para uma indústria.

Na indústria, a penugem é separada do resto do fruto e preparada para a fabricação dos fios.

Esta é a máquina que colhe os caroços de algodão. Ela se chama colheitadeira.

Depois os fios são colocados em máquinas chamadas teares onde serão transformados em tecidos.

Os tecidos são engomados...

...e depois, lavados.

O tecido pode ser tingido ou estampado com tintas para deixá-lo colorido.

Em outra fábrica, o tecido é transformado em roupas, usando-se máquinas de costura.

Fazer roupas é um trabalho difícil!

Todas estas roupas são feitas de algodão...

Camiseta

Saia

Calcinha

Meias

Calça jeans

Camisa

Você está vestindo alguma roupa de algodão?

A maior parte das roupas tem fechos para impedir que elas caiam ou se abram! Zíperes e botões são tipos comuns de fechos.

Você sabe como um zíper funciona?

Os zíperes têm dois trilhos com pequenos dentes. Quando a alça do zíper passa sobre os trilhos, os dentes se encaixam. Quando ela é puxada de novo, eles se separam.

Estes são os dentes do zíper.

Este é um zíper.

Quando o zíper foi inventado?

O zíper foi inventado em 1851. Durante os 60 anos seguintes, os modelos de zíper foram sendo aperfeiçoados. Finalmente, nas décadas de 1920 e 1930, o zíper passou a ser usado em muitas roupas.

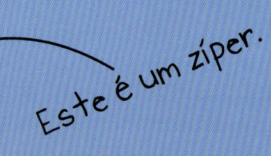

A história dos botões...
O botão foi inventado cerca de 3.000 anos atrás, mas era usado apenas como enfeite. No século XIII os botões passaram a ser usados como fechos. Antes disso, as pessoas ajustavam suas roupas com cordões – exatamente como os cadarços de nossos sapatos!

Há algum tipo de fecho nas roupas que você está vestindo hoje? Qual?

Quando está frio lá fora, nós vestimos roupas que nos mantêm aquecidos.

Você consegue pensar em algo quente para vestir?

Do que essa roupa é feita?

A lã é uma fibra natural bastante confortável e boa para nos manter aquecidos no frio.

De qual animal se retira a lã?

Cabra

Camelo

Alpaca

Coelho

A lã pode ser retirada de todos esses animais!
Mas a maior parte da lã que vestimos vem da ovelha.

No inverno, as ovelhas produzem uma pelagem longa, chamada **velo**, que as mantêm aquecidas.

Na primavera, os criadores removem o velo das ovelhas. Esse processo é conhecido como **tosquia**.

O criador tosquia a ovelha usando um tosquiador elétrico.

Ele tem de segurar com força a ovelha para que ela não escape!

A lã é lavada para que fique limpa e macia.

Aqui está um criador tosquiando sua ovelha!

A lã pode ser tingida de muitas cores.

Quando a lã seca, ela é penteada para desembaraçar as fibras – exatamente como penteamos nossos cabelos!

Depois, a lã é enrolada em **novelos**, e então poderá ser usada para fazer roupas.

A maior parte das roupas de lã é tricotada em uma máquina.

O **tricô** também pode ser feito à mão, usando agulhas de tricô.

Você acha que tricotar exige muita prática?

Você deve usar duas agulhas para tricotar à mão.

Todas estas roupas são feitas de lã.

Touca
Jaqueta
Casaco
Saia

A lã também pode ser tecida.

Um dos tecidos mais comuns feito de lã é a casimira. Ela é muito usada para fazer ternos para a época de frio.

Você está vestindo alguma roupa de lã?

Quando saímos, usamos calçados para proteger nossos pés.

Você sabe de que são feitos os seus calçados?

A maior parte dos calçados é feita de couro de vaca.

Antes de ser usado para confeccionar calçados, o **couro** da vaca é tratado com produtos químicos para que fique mais macio e resistente.

O látex é extraído do caule das seringueiras.

A sola dos calçados geralmente é feita de **borracha**, que é um material natural fabricado a partir do **látex**.

A borracha é bastante flexível e **impermeável**, assim ela é perfeita para manter seus pés secos!

Você usa mais alguma coisa impermeável?

Quando está chovendo, é bom vestir um casaco impermeável, ou usar um guarda-chuva.

Tecidos impermeáveis são geralmente feitos de náilon.

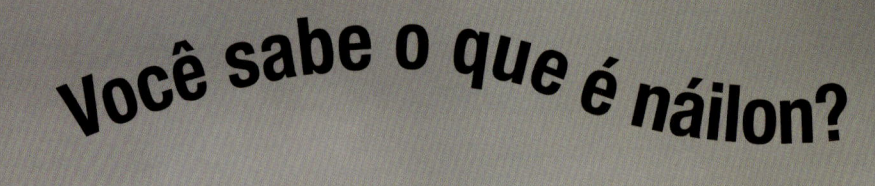

Você sabe o que é náilon?

Náilon é uma **fibra sintética** que é fabricada a partir de **petróleo**.

O petróleo é um material que se formou em camadas profundas da superfície terrestre, há milhões de anos, a partir da transformação de restos de seres vivos.

Esta é uma plataforma de petróleo. Por meio dela, se extrai o petróleo que está localizado em camadas profundas do solo que ficam abaixo do mar.

O petróleo é transportado em um navio chamado petroleiro.

Petroleiros são navios bem grandes.

Ele é levado para uma refinaria de petróleo, um tipo de fábrica onde se extraem diversos produtos do petróleo, entre eles, o náilon.

Esta é uma refinaria de petróleo.

O náilon é produzido em grandes blocos que são colocados em uma máquina que faz os chamados fios de náilon.

Os fios de náilon são secados com jatos de ar e enrolados em carretel, ficando prontos para serem transformados em tecido.

Todas estas roupas são feitas de fibras sintéticas:

Blusa de lã acrílica

Short de poliéster

Maiô de náilon

Casaco de náilon

Você conhece outros tipos de tecidos sintéticos? Quais?

23

O bicho-da-seda se alimenta das folhas da amoreira.

A **seda** é um tecido fino, mas muito resistente e, por isso, bastante caro.

Os bichos-da-seda são lagartas que representam uma fase da vida de um tipo de mariposa. Na fase seguinte, eles tecem um **casulo** branco feito com um único fio, que será usado na produção da seda.

A seda é macia e brilhante.

Um campo de árvores de cânhamo.

O tecido feito de cânhamo é parecido com o algodão, mas um pouco mais rústico. Ele vem de plantas que são fáceis de cultivar; por isso é mais barato de produzir.

Para a preservação do ambiente, o cultivo do cânhamo é melhor do que o do algodão. Ele depende de uma reserva menor de água e geralmente não requer o uso de pesticidas.

Esta camiseta é feita de cânhamo.

Este colete é feito de microfibra de poliéster.

A fibra de bambu é fina e elástica. Com ela pode-se fazer outro tipo de tecido.

O bambu cresce bem rápido. Produtos químicos são usados para transformar as fibras da planta em tecido.

O poliéster é um tecido macio, que nos mantém aquecidos. Ele é feito de fibras sintéticas que se originam de um tipo de plástico chamado PET.
O poliéster pode ser obtido até mesmo da reciclagem de garrafas PET!

Bambuzal.

Você consegue identificar, dentre os tecidos que conhece, quais são naturais e quais são sintéticos?

- 🐑 Lã
- 🌸 Algodão
- 🛢️ Petróleo

Os símbolos no mapa mostram regiões do mundo de onde vêm materiais usados na fabricação de tecidos.

Qual dessas regiões é a mais próxima de onde você vive?

América da Norte

Rússia

Europa

China

Índia

África

Oceano Pacífico

América do Sul

Brasil

Austrália

Nova Zelândia

Atividade:

Preste atenção ao que você está vestindo hoje.

Tente identificar de quais materiais suas roupas são feitas. Depois, peça para um amigo verificar as etiquetas das suas roupas – você acertou?

Dê uma olhada no mapa e veja se você consegue identificar de quais regiões esses materiais podem ter vindo.

27

Glossário

Amoreira árvore onde nascem frutos, comuns no Brasil, chamados amoras.

Borracha material natural que se origina do látex.

Casulo fase da vida de uma mariposa ou borboleta em que o inseto constrói uma proteção externa para o corpo e vive dentro dela até a fase adulta.

Caule parte de uma planta que se liga à raiz e de onde saem as flores e os frutos.

Couro material natural, endurecido, feito da pele de animais.

Engomar embeber o tecido em um material cremoso chamado goma, para que ele endureça.

Fibra natural tipo de estrutura, longa e fina, que faz parte do corpo de plantas e animais.

Fibra sintética tipo de material fabricado pelo ser humano, que não se encontra na natureza.

Impermeável que impede a passagem da água.

Látex seiva; tipo de material líquido e consistente, que circula por dentro do corpo da seringueira.

Novelo rolo de fios feitos de lã.

Orgânico cultivado sem pesticidas – produtos que matam insetos que destroem plantações – ou outro tipo qualquer de produtos químicos.

Petróleo líquido natural, oleoso e de cor escura, a partir do qual podem ser obtidos produtos como: gasolina, óleo diesel, gás de cozinha, plásticos, tintas etc.

Tosquia ato de retirar o velo das ovelhas para obter a lã.

Tricô tipo de tecido de lã que se faz à mão, usando agulhas especiais, ou em máquinas.

Velo cobertura de pelos de uma ovelha, antes de ter sido preparada para fazer a lã.

© FRANKLIN WATTS, 2011

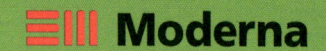

≡III Moderna

COORDENAÇÃO EDITORIAL: Lisabeth Bansi
ASSISTÊNCIA EDITORIAL: Paula Coelho
COORDENAÇÃO DE PRODUÇÃO GRÁFICA: Dalva Fumiko N. Muramatsu
CONSULTORIA: Geslie Cruz
TRADUÇÃO: Camila Aline Zanon
COORDENAÇÃO DE EDIÇÃO DE ARTE: Camila Fiorenza
DIAGRAMAÇÃO: Cristina Uetake
ILUSTRAÇÕES: Ruth Walton
COORDENAÇÃO DE REVISÃO: Elaine Cristina del Nero
REVISÃO: Luís M. Boa Nova, Maristela S. Carrasco
COORDENAÇÃO DE *BUREAU*: Américo Jesus
PRÉ-IMPRESSÃO: Helio P. de Souza Filho, Marcio Hideyuki Kamoto
COORDENAÇÃO DE PRODUÇÃO INDUSTRIAL: Wilson Aparecido Troque
IMPRESSÃO E ACABAMENTO:

Créditos das fotos: I Stock Photo: 8 (Lisa McDonald), 12 (Monica Perkins). Shutterstock: 6 (Sacha Burkard), 7 (Hywit Dimyadi), 12 (Mark Yuill), 21 (Dr. Morley Read).

Dados Internacionais de Catalogação na Publicação (CIP)
(Câmara Brasileira do Livro, SP, Brasil)

Walton, Ruth
 Que roupa legal! / Ruth Walton texto
e ilustrações da autora ; tradução de Camila
Aline Zanon. — 1. ed. — São Paulo : Moderna,
2012. — (Série descobertas)

Título original: *Let's get dressed*.
ISBN 978-85-16-07105-9

1. Literatura infantojuvenil I. Título.
II. Série.

11-11976   CDD-028.5

Índices para catálogo sistemático:
 1. Literatura infantojuvenil 028.5
 2. Literatura infantojuvenil 028.5

DE ACORDO COM AS NOVAS NORMAS ORTOGRÁFICAS

Reprodução proibida. Art. 184 do Código Penal e Lei 9.610 de 19 de fevereiro de 1998.

Todos os direitos reservados
EDITORA MODERNA LTDA.
Rua Padre Adelino, 758 - Belenzinho
São Paulo - SP - Brasil - CEP 03303-904
Vendas e Atendimento: Tel. (11) 2790-1300
Fax (11) 2790-1501
www.modernaliteratura.com.br
2012
Impresso no Brasil

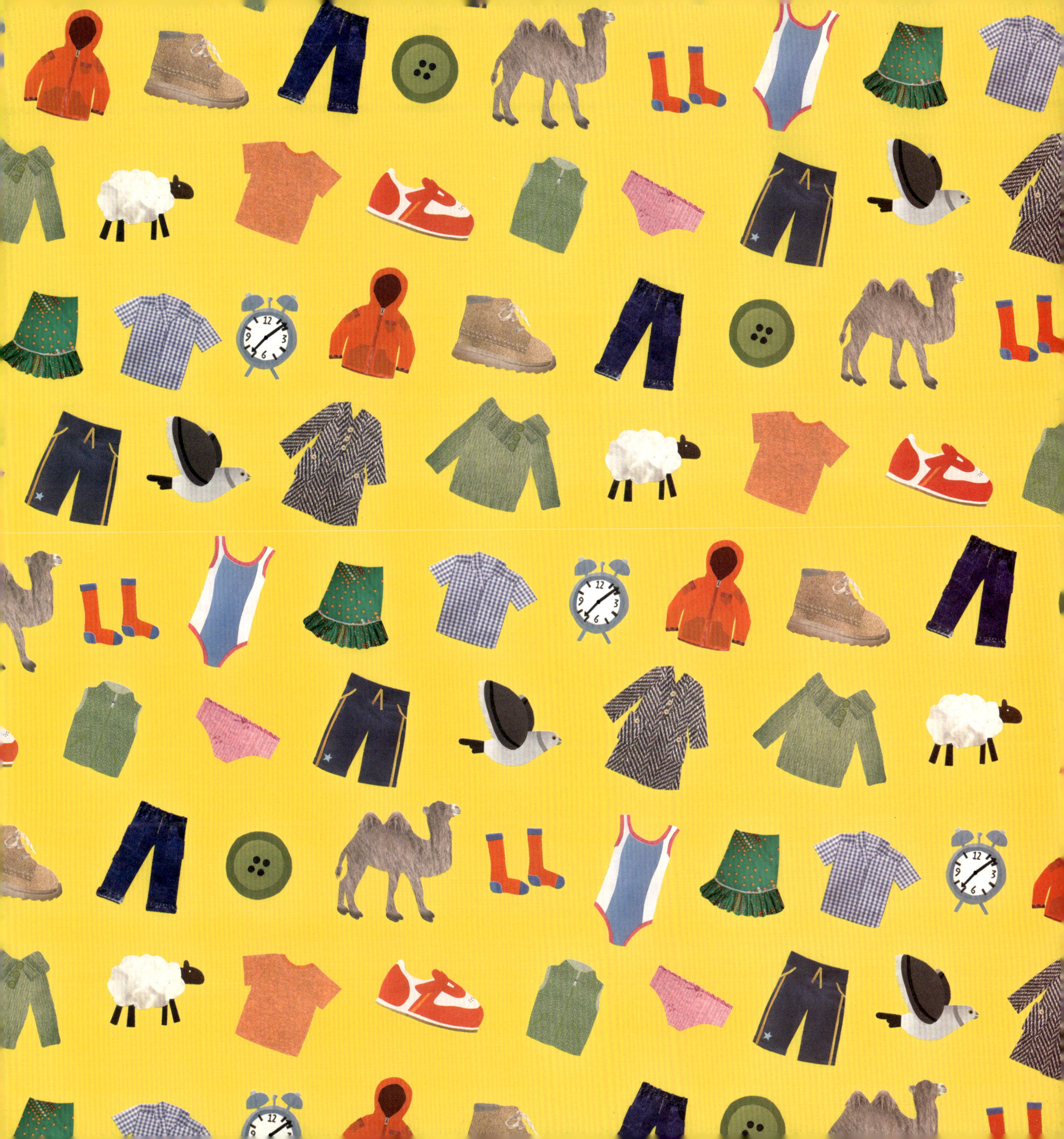

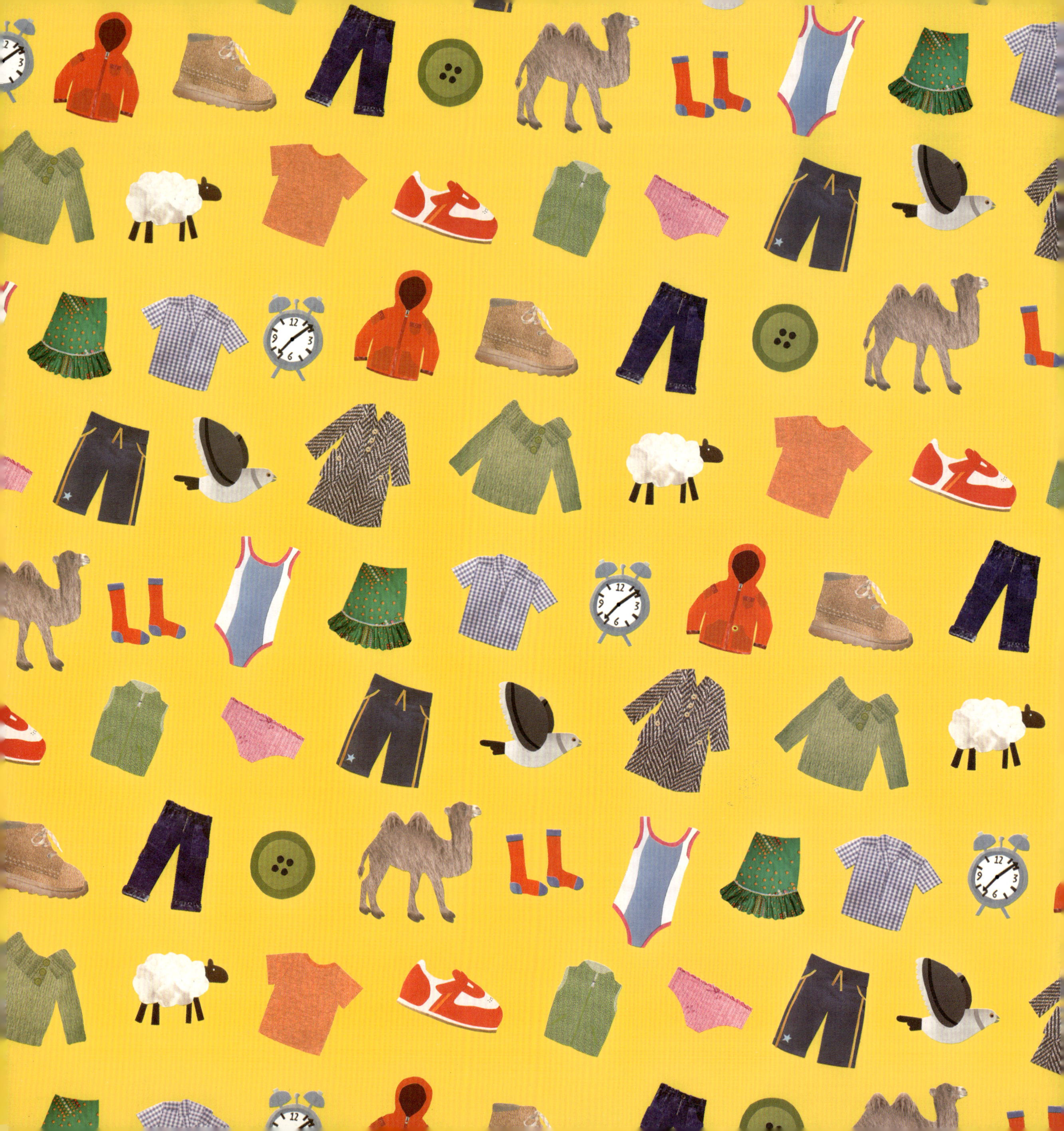